AF415992

Ernesto Neumann

Tudo normal, nada normal, normal?

Edizioni WE

ISBN 979-12-5497-081-2

©2023 Edizioni WE di Nicola Bergamaschi
Via Paulli 10/A – 26015 – Soresina (CR)

www.clickpertutti.com
www.edizioniwe.com
www.facebook.com/edizioniwe
www.instagram.com/edizioniwe
info@edizioniwe.com

TUDO NORMAL, NADA NORMAL, NORMAL?

Quando perguntam de onde você é, a maioria das pessoas tem uma resposta pronta na mente e na língua. E essa resposta quer dizer que nasceu em esse tal lugar da resposta, que quase sempre coincide com onde está morando e se situa em um país do qual a pessoa é cidadã. Isso é o normal.

Hoje em dia há muitas exceções a esse normal, já seja porque a pessoa por razões de trabalho ou de circunstâncias da vida mudou de cidade ou de cidadania, e, hoje em dia, até de sexo e de nome. Porém são exceções, isso é normal.

Quando me perguntam hoje de onde sou, se sou cidadão de tal ou qual país eu tenho várias respostas possíveis e nenhuma é curta, todas requerem explicações mais complexas. Nasci em A, mas sou cidadão de B, nunca morei em B, mas moro em C. Depois de haver morado em D, E, F,,, paro porque provavelmente acabam-se as letras antes de terminar de dizer em quantos países tenho morado. Isso não é nada normal.

Explico.

Nasci na Bolívia, mais especificamente em La Paz, a capital. Bom, a capital em alguns aspectos, porque em outros, quando eu nasci , a capital era Sucre. Mas deixemos por aí, porque até aqui tudo isso é quase normal.

Meus pais eram austríacos, meu pai cônsul honorário de Áustria na Bolívia, ou seja muito austríacos. Por tanto, em primeira instância, eu sou austríaco nascido na Bolívia. Isso é normal?

Também tive um passaporte boliviano, como toda pessoa nascida em território boliviano. Quando não cumpri o serviço militar na Bolívia, não me arrisquei em renovar meu passaporte ou seja que minha nacionalidade boliviana ficou no limbo. Isso é normal?

A segunda pergunta geralmente se refere à família. Onde moram, que fazem? A resposta a essa pergunta no meu caso é também mais complexa que na maioria dos casos.

Explico, de novo.

Éramos quatro irmãos, o mais velho nasceu na Áustria, morou nos USA e no Uruguai até a sua morte, teve seis filhos, que hoje moram na Suíça, USA (em três diferentes cidades) e em Uruguai. Minha única irmã nasceu em Zagreg, uma cidade que mudou de país varias vezes desde seu nascimento, hoje, se não estou errado, está na Sérvia. Morou a maior parte de sua vida na Turquia, casada com um cidadão turco, sua filha mora nesse país até o dia de hoje. Isso é normal (pelo menos para uma família como a nossa).

Meu irmão mais novo, é o mais normal, morou sempre desde poucos meses depois de seu nascimento, no Uruguai. Um de seus dois filhos mora na Suíça, o outro em Montevideo.

Finalmente eu, sou casado em segundas núpcias com uma mulher (tudo normal) brasileira, a primeira era alemã.

Tenho três filhas. A primeira nasceu na Alemanha, a segunda no Peru e a terceira na Argentina. Poderiam ter essas nacionalidades respectivamente, algumas as tem, as outras estão também no limbo. A primeira e a segunda moram na Alemanha, casadas com alemães (isso seria normal se tudo fosse normal). A terceira mora nos USA, divorciada de um alemão. Isso é normal?

Meus pais, ambos austríacos, moraram na Áustria antes de se conhecerem, na Bolívia onde se conheceram, no Uruguai antes de retornar à Áustria.

Há uma terceira pergunta: que fazem? Aqui a resposta no meu caso parece mais simples. Mais de quarenta anos na mesma empresa, em vários continentes e muitos países: Alemanha, Peru, Brasil, Argentina, Equador, Colômbia, México e alguns outros.

As complicações começam uma vez aposentado.

Agora tenho vários chapéus, diretor externo de alguma empresa, consultor estratégico, escritor novato. Isso não é normal, mas é muito positivo, me faz muito mais feliz.

Resultou que minhas respostas a essas três simples perguntas foram bastante mais longas do que quem fez as perguntas esperava, mas espero que também tenham sido mais interessantes. Pela extensão peço desculpas. Isso sim é normal.

Talvez estas linhas sirvam como curriculum.
Como um curriculum nada normal.

RELATOS RE-UNIDOS

Brotaram da minha mente, caíram no papel virtual do meu computador e foram tomando forma. São histórias que chamo de relatos, tal vez por falta de uma descrição melhor e com a certeza que o leitor compreenda o conteúdo e tal vez encontre nome melhor.

São parágrafos que se esparramaram em diversos arquivos digitais.

São ideias que leram umas poucas pessoas. Soltos são relatos, soltos parecem perdidos no espaço. Este livro é o resultado da intenção, do meu intento de os reunir.

Espero que meus relatos seja úteis e que se re-unam com os pensamentos dos meus leitores.

MEU MUNDO MINIATURA

O lugar fervia, tudo se movia, tudo tremia num constante ir e vir, todas as criaturas nadavam num liquido turvo que as envolvia, eram pequenas, muito pequenas, porém fortes, algumas mais, outras menos, mas todas bastante fortes. Moviam-se em silêncio, randomicamente, como se não tivessem onde ir. O movimento pelo movimento, isso parecia ser o que os movia.

Todas eram pequenas porém seus tamanhos, dentro dessa escala microscópica, variavam bastante. Também era variável sua velocidade, umas de deslocavam muito lentamente, outras com maior velocidade.

Eu sou uma delas, uma das menores, porém bastante rápida. Eu sou muito curiosa, estendo meus tentáculos (assim os chamariam alguém que me visse pela primeira vez) para todas as direções procurando contato, procurando comunicação, procurando aprender.

Meu nome é CoX e meu sobrenome Vido, me chamo CoX Vido.

Tenho muitos irmãos, e ainda mais primos, a famílias primeiro tenho que procurar alguém ou algo que me leve, preciso de um veículo, um amigo que me abra as portas para outros mundos. Enquanto isso continuo no meu líquido turvo, sem sabor, sem cor, sem

temperatura, ali onde estamos esperando para viajar a
maioria de nós, os da família e outros parentes mais
distantes.

As vezes alguém da família encontra prazer em se
reunir com um parente mais distante, e em algumas
ocasiões desse encontro nasce um novo ramo da família Vido. Tenho um amigo que nasceu faz mais tempo
que eu e se chama Gri Vido, gosta muito de fazer contato com todos ao seu alcance. Nem sempre isso termina numa amizade duradoura, as vezes, não sabemos o
que se passa nessas ocasiões.

Temos um inimigo terrível, aqui na nossa sopa estamos seguros, mas quando saímos temos que ser rápidos
pra não sermos alcançados por esse inimigo. Me dizem
que se chama Ina Vac. Ina Vac trata de nos imitar para
que nossos amigos se confundam e não aceitem brincar
conosco. Alguns então morremos de tristeza. Ina Vac se
disfarça e quando o disfarce é muito parecido conosco,
nos confundimos e ele consegue nos alcançar.

Com o tempo vamos conhecendo melhor a Ina Vac
e mudamos nossa aparência para que não possa nos
imitar e confundir. Parece um jogo, mas é um jogo
muito perigoso, por isso eu até agora não tive cora-
gem de sair, ainda estou esperando um veículo que
seja rápido e me proteja quando me aventure a conhecer o mundo.

Desde faz pouco, contam meus amigos que conheceram o mundo, ficou mais difícil conhecer nosso lugar.
Muitos dos caminhos que antes estavam sempre aber-
tos se fecharam. Enquanto antes podíamos entrar na
maioria das casas agora com frequência as aberturas
estão fechadas com umas telas que segundo me dizem
se chamam Mas Caras. Algumas são absolutamente
impenetráveis, outras não.

Isso é o pouco que desde aqui tenho aprendido sobre
o mundo, quero conhecer muito mais, no entanto também tenho medo. Na minha família gostamos da aven-
tura e superamos os medos, sabemos que não podemos
sobreviver para sempre aqui na nossa sopa, temos que
sair, uma vez bem preparados a gente sai seguros de
crescer e nos multiplicar.

Com meus irmãos estamos esperando um novo
transporte que nos disseram seria rápido e barato e nos
levaria a conhecer muitos lugares, dizem que se chama
Mor Cego. Estamos esperando que volte de suas férias
nas cavernas do outro lado do rio, tomara chegue logo,
e tomara queira nos leva.

Apesar de ser tão pequeno, tenho dentro de mim
muita energia, tanta que a queria transferir a muitos
outros amigos para que aprendam a jogar comigo e depois ensinem ao seus outros amigos a jogar, até que todo mundo saiba jogar nosso jogo.

É um jogo muito fácil de aprender, mas alguns se cansam muito rápido de jogar e não querem continuar, mas sempre parece que tem outros amigos dispostos a substituir e seguir jogando. Também tem jogadores que perdem o jogo, ficamos tristes quando isso acontece pois o nosso objetivo é que todos joguem e que cada jogador convide muitos outros a jogar, quando alguém perde deixa de convidar outros.

Quero participar do jogo, sair pra jogar com muitos amigos, tomara chegue meu ônibus, o Mor Cego em breve.

Foi uma longa espera, mas ontem chegou Mor assim o chamo desde que nos conhecemos melhor. Me convidou a bordo e me ensinou a jogar mais habilmente, estou aprendendo rápido. Já fizemos paradas em diversos lugares onde Mor tinha solicitudes de entregar alguns de nossos amigos, eles desceram felizes e foram muito bem recebidos, os vimos entrar nos espaços de quem os esperavam, as janelas eram exatamente do tamanho deles e puderam entrar com facilidade, nem sequer se despediram de nós. Agora espero que chegue a minha parada. Estou adorando viajar e quero conhecer logo outros lugares. O mundo é tão grande e nos recebem tão bem, em tantos lugares, quero conhecer todos, fazer amizades por todos os lugares.

Hoje pela manhã chegamos numa ilha, que é um lugar todo rodeado de água, parece que aqui não nos querem receber. Disseram que esta ilha se chama Nova Zelândia e que sua rainha é uma mulher muito severa que não deixa entrar ninguém desde há um bom tempo. Mor cego insistiu muito mas não lhe permitiram entrar. Disseram que faltava um documento sobre Ina Vac. Levamos um susto pois Ina Vac é nossa inimiga e Mor decidiu continuar a viagem. Que pena, parecia um lugar lindo com muitos amigos. Mas ao final no importa, a ilha é pequena e o mundo tão grande que terá outras oportunidades pra fazer amigos.

Nossa viagem continuou, meu ônibus se move a cada vez com mais velocidade. Estamos chegando num lugar muito grande, me contam meus companheiros de viagem mais velhos que ouviram falar que aqui temos um grande número de amigos que querem jogar conosco. Recentemente elegeram um novo rei, o anterior jogava muito com os membros da minha família não só permitia que fizéssemos muitas amizades entre seus súditos, mas que incentivava o jogo, nunca aprovou a atividade dos nossos inimigos Ina Vac nem Mas Cara. Como muitos acataram o seu rei quem idolatravam apesar de sua atitude hostil houve muitíssimos jogos, alguns ganharam, mas a maioria parou de jogar porque gastaram toda a energia no jogo, parece que perderam o gosto pelo jogo, não queriam sequer comer pois diziam que tudo tinha gosto de papelão. O novo rei é aliado dos nossos inimigos e muitos tem se deixado convencer por Ina e Mas.

O lugar onde estamos chegando se chama Ida Flor e aqui quase todos querem jogar vai ser uma grande festa.

Acabei de encontrar meu primeiro amigo de verdade, vamos jogar. Já me juntei a ele, estou seguro que não teve contato com Ina e nunca mais usa Mas. Nunca tive um amigo tão próximo, primeiro deixou eu lhe acariciar o nariz, passou suas mãos e botou na boca. Me senti carinhosamente recebido e com toda minha força lhe transmiti o máximo das minhas energias, vamos a jogar vários dias antes de que se canse de jogar e além de que tem uma linda família, esposa, dois filhos, e sobre tudo a avó com os que vamos jogar também.

Com eles estou aprendendo que o seu interesse pelo jogo não dura muito, ainda o que lhes encanta, depois de um tempo parece que deixam de querer jogar. Mas uma vez que lhes tenho transmitido todas minhas energias e tem aprendido as regras do jogo custa-lhes muito deixar de jogar.

Alguns o intentam fechados em seus quartos, outros chamam Ina e começam a usar Mas. Tem uns que sentem tanta nostalgia do jogo que já não podem jogar pois lhes faltam forças que chamam um veiculo que se chama Ambulância que os leva. Quase nunca voltam.

Como já temos jogado muito com esta família estamos com vontade de seguir viajando, o filho mais velho vai nos levar a outro lugar. Está colocando muitas coisas num recipiente que chama Mochila e diz que vai pra outro país. Que será isso? Haverá amigos nesse "país"? Quero ir com ele e estou seguro que vai me levar. Sou tão pequenininho que não vai ser difícil me ter em suas mãos ou me esconder no seu nariz. Já estou muito ansioso pra conhecer novos amigos.

A viagem foi longa e pensei que não íamos chegar nunca. O carro voador é muito estreito e incómodo, encontrei com vários dos meus familiares jogando com uns e outros dos que chamam "passageiros". Alguns de nós decidimos mudar de "passageiro" saltando de uma boca a um nariz próximo, ou aproveitando quando passavam algum objeto entre eles. Muitos estavam usando Mas Cara e todos nos mantivemos longe deles. Um dos meus parentes pediu pra dar um grande salto pra jogar com um "passageiro" que estava umas quatro fileiras mais na frente, um vento o pegou entrou por um buraco que chamam de filtro, ali ficou apanhado pra sempre, por sorte que somos uma família tão numerosa.

Numa sala grandíssima havia muita gente, uma atrás da outra esperando que uns senhores de cara feia golpeassem com uma máquina que escrevia com muito barulho desenhos num caderno que os "passageiros" chamavam de passaporte. Só podiam passar os que tinham esse caderno. Depois todos corriam e se amontoavam para pegar uns vultos, imagino que cada um queria recuperar seu próprio vulto antes que outros o levassem. Alguns dos meu parentes se acomodaram sobre a superfície desses vultos esperando conhecer a seus donos pra começa a jogar.

Assim conheci o mundo, tive muitos companheiros de jogo, em muitos "países" aprendi a jogar cada vez melhor, já não tenho tanto medo dos meus inimigos. No entanto Ina Vac e Mas Cara ainda me impedem de jogar em algumas ocasiões cada vez me ajeito melhor para evitar e conseguir companheiros de jogo. Agora Ina Vac tem um novo aliado que se chama Ster Boo. Até agora no tenho podido jogar com aqueles que o usam. Mas todos nós na família estamos trabalhando pra encontrar uma forma de o superar também.

Minha família cresceu muito, também fomos aprendendo novas habilidades, inclusive uma lista de letras que chamam alfabeto, há vários tipos, mas o que mais aprendemos é um que chamam de grego, suas letras se chamam alfa, beta, delta. Meu irmão mais novo que está crescendo muito rapidamente se chama Cron Mi, parece que gosta de viajar ainda mais do que eu.

Estou muito orgulhosa do que temos logrado na minha família, muitos amigos quiseram jogar conosco, em tantos lugares disso que chamam "mundo" (os chamam essas partes: países). Convencemos a tantos reis que nos deixassem jogar com seus súditos sem lhes importar que alguns nunca mais poderiam lhes render homenagens. Creio que temos conseguido mudar como se vive sobre a terra, cercando umas casas, ampliando outras. Com um dos meus amigos fui ao que chamam de estádio, todos estavam gritando, uns abraçados, outros parecia que brigavam, e mais embaixo num espaço verde corriam atrás de uma coisa redonda, quando a alcançavam a empurravam dentro de uma rede sustentada por uns paus se abraçavam e vociferavam, vi muitos membros da minha família jogar com eles nesse estádio, parece que é um bom lugar para conseguir muitos amigos pra jogar.

As vezes custa entender por que nós tão pequenos e simples, sem muitos recursos nem educação podemos jogar com os colonos da terra que são maiores, mais fortes, mais educados e os convencer a continuar jogando enquanto veem todas as consequências do jogo. Vou voltar pra minha sopa, aquele liquido turvo do qual saí pra conhecer o mundo, valeu a pena? Pra mim creio que sim, pros outros jogadores não sei.

MEU MUNDO MINIATURA 2

Aqui na nossa sopa estamos todos muito emociona-dos. Faz uns dias nasceu nosso irmãozinho. Botaram nele um nome raro. Mas todos nós temos nomes raros, ninguém se chama João, Pedro ou Manoel. Parece que a nossos pais lhes encanta inventar nomes diferentes, creio que os buscam nuns livros velhos que encontram num lugar que se chama Biblioteca e que estão escri-tos com umas letras que ninguém entende. Ninguém a não ser eles, os que nos botam esses nomes.

Nosso irmãozinho se chama Cron Mi, é igual de pe-quenininho que todos nós, mas é super, hiper ativo. Parece que está em todos os lados ao mesmo tempo. Me lembra esses campeões mundiais de xadrez que jo-gam simultaneamente com vários oponentes. Cron Mi não lhe importa perder, o que ele quer é jogar o tempo todo com muitos amigos.

Um tio nosso diz que se acalme um pouco porque se não todas as suas energias se esgotarão e terá que parar de jogar. Mas também há uma tia velha que o incenti-va a jogar ainda mais rápido. Eu, não consigo acompa-nhar pois não sou tão rápido quanto ele, prefiro jogar com uns poucos jogadores durante mais tempo, até que cansam, abandonam, perdem todas suas forças e não querem mais jogar. Por sorte tenho alguns amigos que insistem em seguir jogando. Eles nunca chegam nem perto dos nossos inimigos Ina Vac e Mas Cara, eles querem se abraçar comigo e como sou tão pequeninho aproveito pra jogar com eles me enfiando em suas narizes ou gargantas, é fácil pois não gostam de Mas.

Cron Mi, começou a viajar apenas nasceu, enquanto eu conheci o mundo viajando de ônibus, Cron Mi prefere veículos mais rápidos, numas poucas semanas vai conhecer muito mais países do que eu e como joga simultaneamente com tantos amigos quase não deixa lugar pra nós. Estamos todos renovando energias na nossa sopa para quando nosso irmãozinho se for cansado e nos deixe jogar de novo.

Estão inventando novos inimigos pra nós, parece que logo nascerá a irmã de Ina Vac, dizem que se inspiraram em como é Cron Mi para que a irmãzinha de Ina seja igual a ele. Esperam que Cron Mi prefira jogar com esta nova inimiga, como é tão jovem tal vez consigam o enganar. Até que nasça estão fazendo trabalhar a Ina Vac mais que nunca, muitos jogadores agora só querem estar com ela e nós temos que procurar amigos entre aqueles que tem ódio por Ina. Não sei por que tem gente assim. Se afastam de Ina, jogam conosco e nós lhes tiramos todo seu dinheiro e energia.

Há algo muito raro e diferente em Cron Mi. Como joga com muitos amigos ao mesmo tempo, prefere encontrar novos participantes no jogo que terminar de jogar com os que já encontrou. Seus amigos estão por todas partes e lhe ajudam a achar ainda mais amiguinhos, especialmente nos primeiros dias da sua amizade e correm que nem doidos pra achar mais e mais amiguinhos, antes que Cron Mi deixe de se interessar por eles e siga seu caminho.

Não sei se algum dia Cron Mi voltará à nossa sopa. Talvez decida ficar no mundo, jogar, jogar e jogar. Não sei se será sempre mais forte e mais rápido que nossos inimigos. Porém sempre terá esconderijos onde somente nós chegamos e não podem entrar nossos inimigos. Mas as vezes se cansa e nos deixa passar. Ina fecha bem todas as portas mas como somos pequenininhos e Cron Mi é muito ágil passamos por debaixo da porta fechada quando assim o queremos. Alguns nos engasgamos entre porta e chão mas outros passamos e seguimos. Sorte que nossa família é tão numerosa.

Tenho ouvido dizer que aqui na nossa sopa estão por nascer outros irmãozinhos e irmãzinhas, mas não ainda confirmação, vou esperar e logo conto pra vocês.

Tinha me esquecido de lhes contar de Fluenza, uma prima distante, mora na mesma sopa, mas faz já muito tempo que tem casas de férias no mundo todo. Também tem seus inimigos que por sua vez são parentes de Ina Vac. Parece que já faz anos que Fluenza joga com muitos amigos, incluso os que já tem jogado com a sua inimiga Flu Vac. De vez em quando ganha Fluenza, outras vezes Flu Vac chega antes e não deixa que os jogadores se acheguem a Fluenza. Porém ela é muito ardilosa e procura outros caminhos, muitas vezes são mais longos e difíceis e quando chega pra jogar Fluenza já está cansada, joga pouco e logo vai descansar. Mas quando chega com mais energia joga quase tão bem quanto nós.

Outro dia Cron Mi descobriu que a alguns jogadores adoram jogar ao mesmo tempo com ele e com Fluenza, são jogos mais emocionantes. Ambos estão aprendendo a jogar em equipe e talvez algum dia isso passe a ser o seu jogo preferido.

É claro que Ina Vac e Flu Vac também estão começando a aprender como jogar juntos, mas nesse jogo ainda tem muito que aprender.

Há um problema. Parece que ultimamente tanta gente joga com Cron Mi que logo não vai achar jogadores novos. Por isso está começando a jogar com os que já tinham jogado antes, mas é entediante pois não há jogadas novas, só uma repetição dos jogos que já todos conhecem e por isso as partidas não duram muito. Mas assim teremos sempre jogos por jogar. Pelo menos até que apareca um irmãozinho que saiba jogar um novo jogo, isso não vai demorar muito.

MEU IRMÃO MENOR

Todos falam do meu irmão caçula, recém nascido, monopoliza a atenção de todo mundo. Dizem que vai ser lindo, esperam que se desenvolva excelentemente e o pior é que todos dizem que vai ser muito melhor que eu.

A mim me conhecem faz tempo, comparti com eles todos meus dias, lhes dei o melhor de mim. Reconheço que nem sempre estive à altura dos acontecimentos, errei em algumas circunstâncias mas no final estive com eles sem pausa nem preguiça.

Ao meu irmão menor quase não o conhecem e ainda assim acham que será melhor do que eu. Isso é uma injustiça. Isso é fake news, porque: onde está comprovado que meu irmão menor será melhor?

Quando observo meus irmãos, não me parece que com o tempo estavam melhorando. Cada vez mais guerras, distúrbios, tormentas, inundações, tremores e revoluções. Parece mais que os irmãos menores tendem a ser cada vez piores ao contrario do que eles pensam do meu irmãozinho. O pior é que já não me querem, arrancaram todas as folhas dos meus calendários, abriram novas agendas. Fizeram planos, quase os mesmos que fizeram comigo, a maioria dos quais nem sequer começaram a realizar. Não se o que fazer, onde ir. Se fosse por eles simplesmente desapareceria sem deixar rasto. Bom, quase sem deixa rasto, porque as vezes lembrarão alguma coisa que compartiram comigo, o nascimento de um neto, a morte de um amigo, a vez que ganharam a loteria.

Sou, e nunca deixarei de ser, o ano 2021. Durante 365 dias e noites estive com eles. As vezes me odiaram, as vezes me amaram, mas em qualquer circunstância, estive com eles, nunca me afastei nem sequer um minuto. E uma grande desilusão ver como sem um momento de tristeza me abandonaram apenas nasceu meu irmão menor.

O que vou fazer? Não posso lutar contra meu irmãozinho. Com o tempo irão se dando conta de que não somos tão diferentes um do outro, ao final somos irmãos. E haverá mais tarde outros irmãozinhos mais. Não vai lhe durar muito. Sua alegria, não vai durar mais do que durou a mim.

Por agora estou escondido num canto, abandonado mas ainda não esquecido completamente. As vezes precisam de mim, em poucos dias terão de fazer suas declarações de impostos, informes de trabalho, suas limpezas anuais e precisarão de mim uma última vez. Vou disfrutar esses momentos de atenção, vou esconder informações em gavetas ocultas para que tenham que se ocupar comigo durante mais tempo. Será minha última diversão.

O que vai ser de mim depois? Um amigo me disse que na sua cidade há um senhor que se chama historiador, é um colecionador. Tem- recolhido na sua casa muitos dos meus irmãos maiores, os estuda diariamente, escreve sobre eles. Parece que é o único que ainda pode chegar a se interessar por mim. Ao menos será reconfortável me encontrar com meus irmãos, ainda que a maioria deles não me queira muito. Pelas mesma razões pelas quais não quero meu irmão menor.

Digo adeus então, vou nà procura desse senhor historiador, ali na sua casa viverei silenciosamente, esquecido por quase todos, no convento do que esse senhor chama a História.

MEU IRMÃO MAIOR

Está com raiva, não fala comigo. Me custa muito falar porque recém estou aprendendo a fazê-lo e ele nem sequer me escuta, muito menos me responde. Eu nada fiz a ele, a primeira vez que me viu já o fez de cara feia.

Não tenho culpa que todos me adorem, sou recém nascido, pequeno, redondo e sorridente. Não me conhecem mas imaginam que serão felizes junto comigo. Parece que meus irmãos maiores não foram muito alegres, não foram muito simpáticos e por isso todos esperam que eu seja melhor. Que responsabilidade, como farei pra justificar essa expectativa? Tenho que aprender rápido, tenho que aprender o que fazer e ainda mais o que não fazer. O exemplo do meu irmão maior é muito importante. Ele tem toda a experiência e deve saber muitas coisas, poderia me ensinar, mas nem quer falar comigo. Que pena.

Antes que ele se vá queria falar com ele, lhe convencer a me ajudar, lhe dizer que quero aprender onde acertou e onde errou pra não repetir os erros e maximizar os acertos.

Eu admiro muito o meu irmão maior, suas rugas, suas articulações que doem, até a sua barriga que aumentou tanto, justamente nos dias antes que eu nascesse, me parecem adoráveis. Ele está com a autoconfiança pelo chão, diz que ninguém o quer e não acredita em mim quando digo eu o quero e preciso dele.

Vai ser muito difícil ser tudo o que esperam de mim. Tem estado mandando milhares e milhares de mensagens onde desejam felicidade, ganhar a loteria, saúde, emprego e tantas outras coisas que meus irmãos maiores parece que não lhes deram. Como eu vou fazer pra cumprir com tudo isso? E sem a ajuda do meu irmão maior! Disse que vai embora pra casa de um "historiador", o que será isso? Será mais importante que me ajudar? Parece que lá vai se encontrar com meus outros irmãos. Depois que eles foram pra essa casa nunca mais saíram e ele também não vai poder sair ainda que queira. Não seria muito melhor ficar comigo nem que seja por uns tempos e me ajudar?

Creio que está com ciúmes. Pois todos se juntam ao meu redor e ninguém mais se preocupa com ele. Que lindo seria poder viver em família todos os irmãos juntos, aprendendo uns dos outros.

Vou tentar com todas as minhas forças. Quero ajudar, quero que os desejos de todos se tornem realidade e vou fazer o possível e o impossível pra o conseguir, preciso muita ajuda e não sei se a terei. Imagino que, quando nasceram meus irmãos, foram recebidos com a mesma esperança e os mesmo desejos. Por que não os conseguiram realizar mais que muito parcialmente?

Por que todos esperam de mim que eu consiga realizar seus sonhos?

Me sinto muito só, me sinto muito pequenininho para uma tarefa tão grande. Mas eu vou tentar. Por isso.

Feliz ano novo.

O CAMELO DE GASPAR

Com tantas e tantas noites no deserto sabia que aquilo não era uma estrela, era um cometa, de aqueles que muito de vez em quando atravessavam seu pedaço de céu. Passam velozes e seguem seu caminho até não sei onde.

Faz milhares de anos foi esse cometa que orientou aos Reis Magos. Disseram que era uma estrela, porém se equivocaram, erro? Antigas fake news?

Faz frio hoje de noite aqui no deserto, como quase todas as noites. Por sorte minha pele é grossa, coberta por densa pelagem e protegida por uma boa capa de gordura ajuda a me isolar do frio nas noites e do calor nos dias.

Se não estou errado, hoje é seis de janeiro, Reis. Um antepassado distante, ou segundo outros que contam três deles, tinham desempenhado um papel muito importante naquela história.

Sei de memoria os nomes dos Reis Magos, Gaspar, Melchor, Baltasar. Sim, todos os anos os avôs lhe tinham contado a história dos três reis magos. Parece que inicialmente tinham sido quatro, o quarto se chamava Artaban e sua historia é apaixonante e pouco conhecida.

Quando Artaban começou a marcha pra se reunir com os outros reis encontrou um mendigo que numa esquina chorava de dor e fome. Estava doente. Artaban interrompeu a sua viagem, deu de comer ao mendigo e curou suas feridas. Outros mendigos se aproximaram e durante muitos anos Artaban se dedicou aos seus mendigos. Longos anos mais tarde, Artaban seguiu seu caminho. Em seu caminho se deparou com Jesus crucificado. Jesus lhe disse: "Quando você viu aqueles doentes, e deu socorro. Quando fizestes isso aos meus irmãos, o fizestes pra mim, quando você curou eles, curastes a mim". Sua viagem tinha terminado, com atraso, mas com imensa felicidade por encontrar Jesus. Seu caminho tinha sido outro, sem estrelas, sem cometas, mas ao final tinha chegado à sua meta.

Todos conhecem os três reis magos mas muito pouco lembram do quarto. Ninguém se lembra dos camelos. Aparecem na historia como se fossem somente um veículo e nada mais. Foram eles que seguiram à estrela, foram eles que levaram os Reis ao seu destino. E ninguém os lembra, ninguém os reconhece. Nem sequer tem um nome. Nem sequer na nossa família sabemos seus nomes. De camelo a camelo, de geração a geração sempre nos temos lembrado que somos descendentes de aqueles valentes camelos que atravessaram desertos até chegar a Belém. Levaram com galhardia aos seus cavalheiros até a meta. E nunca receberam nada, de ninguém. Bom, tal vez foram recompensados com cenouras, isso e nada mais.

A história dos Reis Magos nunca tinha lhe gostado. A razão principal era que o papel dos seus antepassados nunca havia sido realçado como mereciam. Ninguém sabia o nome dos camelos. Graças a eles os Reis tinham chegado em Belém a tempo, eles tinham sabido como seguir a "estrela" mas ninguém tinha se preocupado sequer em saber seus nomes. Sempre foram simples camelos anónimos, sem nome, sem sobrenome, sem reconhecimento.

Era hora de que alguém se encarregasse de corrigir esta injustiça. Não sabia como, não sabia com que informação. Só sabia que era sua missão fazer com que o camelo de Gaspar fosse reconhecido pelo seu trabalho, pelo seu empenho, por ter cumprido sua missão.
De onde vinha o camelo de Gaspar? Pra onde foi depois de Belém? Como era seu nome? Tudo perguntas sem respostas. Tinha consultado seus pais e avôs, seus tios e primos aqui no oásis onde viviam. Tinha perguntado a todos os camelos das caravanas que passavam por aqui dia a dia. Ninguém tinha lhe respondido. Uns o olhavam com cara estranha, outros riam, a maioria sacudia suas corcovas dizendo que não sabiam a que não lhes interessava o assunto.

Quase todas as noites sonhava que caminhava ao lado do seu antepassado, que acompanhava o camelo de Gaspar na sua longa jornada e que conversavam enquanto trotavam. Suas patas na areia quente de dia, seus corpos tremendo de frio nas noites. Contaria a todos, seus sonhos e as futuras gerações da família repetiriam sua história até que todos os camelos do mundo a conhecessem. E que sabe algum dia, de alguma forma encontrariam alguém que a soubesse escrever. Quem sabe algum dia, os livros contariam a história do camelo Gaspar.

Essa noite começou a contar seu último sonho. Seu tataratataraavô tinha um nome: Gamal, tinha duas corcovas lindas, gostava de cenouras e corria mais rápido que todos os seus amigos. Era grande e forte, dentes poderosos, gostava de morder. Mordia brincando e mordia lutando quando necessário. Na noite seguinte contou outro sonho e também pediu a quem o ouvia que fosse até o próximo oásis e contassem sobre Gamal, seu tataratataraavô.

Todas as noites da sua vida, em todos os lugares que chegava, contava seus sonhos, dava vida a Gamal. Depois de um tempo quando uma caravana chegava ao seu oásis os camelos começaram a pedir que contasse mais sobre Gamal. Seus contos e seus sonhos se tornaram cada vez mais coloridos, mais ricos. A vida de Gamal, o camelo de Gaspar, nosso antepassado era contada em todos os lugares, outros sonhos surgiram uma mistura complexa de histórias, fantasias, verdades e mentiras.

Já velho, sonhava também durante o dia. Estava sonhando ou estava vivendo? Vivia sonhando, sonhava vivendo. Compreendeu que tinha vivido pra sonhar. Compreendeu que não havia muita diferença entre viver e sonhar. Compreendeu que viver sem sonhar não era viver.

Quando morreu, seu último pensamento foi pra Gamal, o camelo de Gaspar. Agora famoso entre todos os camelos. Havia chegado o momento de se encontrar com ele e lhe contar sues sonhos. Ou lhe escutar contar os seus.

DENTRO DO MEU MAC

Dentro do meu Mac existe um mundo. Descobri ontem, não sabia que existia. Creio que quase ninguém o conhece. Foi uma casualidade. Foi uma casualidade? Em todo caso quando botei de cabeça embaixo do meu Mac e apertei a tecla pra o desligar, não desligou. No mundo que estava por descobrir é tudo ao contrario e essa tecla também. Iris, a Siri de este mundo, acordou, me deu as boas vindas e mandou apertar uma sequência de teclas complicada que esqueci quase de imediato depois de ter cumprido essa ordem.

Era uma ordem, pois Iris não é como Siri que sempre está disposta a fazer o que lhe dizem buscando na sua imensa reserva de sabedoria aquilo que mais se aproxima do que temos pedido. Iris ordena, aqui é como lhe escrevi antes, tudo ao contrario.

Ao digitar aquela sequência ingressei num mundo novo, diferente, desconhecido. Com regras também diferentes e desconhecidas. Aprendi muito rápido que as maiúsculas se escrevem sem apertar a tecla pra isso e que as minúsculas precisam dessa tecla. Aprendi que os acentos ficam por debaixo das letras e não por cima. É quase obvio que se escreve da direita pra esquerda e de baixo pra cima. Por sorte Iris ia me ensinando passo a passo no seu tom de sargento, ao fim das contas neste mundo eu dependia de Iris sobretudo.

Pouco a pouco fui primeiro intuitivo e logo aprendendo que as diferenças não eram só externas. Que debaixo das formas tão estranhas havia uma realidade muito mais estranha ainda. Uma realidade que lentamente me deixava penetrar num mundo amplo e alheio. Seria este o famoso multiverso que a mídia social anunciava? Seria este o mundo que complementaria de algum modo o mundo que chamávamos de realidade?

Nunca teria imaginado que pudesse estar tão perto, ao alcance de todos. O descobrir por casualidade, sim que o era, tinha sido muito fácil. Pouco a pouco estou aprendendo que ingressar nele, é muito mais difícil e perigoso. Faz algumas horas, de repente o Mac se desligou. Não era a bateria, neste mundo quanto mais o usamos mais se carrega a bateria, tanto que enquanto estou neste novo mundo ainda sem nome, desligo da tomada de energia o computador e o uso durante horas sempre com a bateria cheia. Usei todos os truques conhecidos pra o reacender, sem resultados, permanecia mudo e obscuro.

Quando estava abandonando as esperanças, com um click o Mac acordou. Iris com voz de comando me instruiu: tem que ter paciência, mesmo tendo que me dedicar a te ensinar tudo sobre o Outronet para você aprender a usar e poder nos ajudar, tenho também que obedecer ao nosso Dono. Dono que é quem manda em mim, no teu Mac, em você e em todos. Quando Dono

chama, quando precisa algo de mim ou de você, devemos acudir de imediato.

Concluída esta explicação, meu Mac (ainda era
meu?) retomou suas atividades como se nada tivesse
acontecido. Pelo visto neste mundo quando parecia
que nada tinha acontecido era quando acontecia tudo.
Que portas faltavam pra eu abrir pra entrar mais neste
mundo? Como se chamava este mundo?

Decidi conectar o cabo que tinha já faz tempo mas
nunca soube pra o que era, talvez servia pra se conectar a esse mundo desconhecido. Ouvi: Sou Iris, deseja
se conectar com o Multinet? Nesse caso não tecle nenhum botão por três segundos, logo digite mmm_no-
net.moc.

Como já tinha aprendido que Iris não admitia duvidas, vacilações ou demoras, cumpri com a recomen-
dação feita em tom de ordem militar. No meu computador abriu-se um sitio chamado elgoog. Ao clicar com
o lado esquerdo do meu mouse abriu-se um texto: Sou
elgoog, se tem perguntas não as faça, se tem respostas
escreva-as aqui. Pelo visto este mundo ainda não tinha
um Google que sabia tudo, recém estava aprendendo e
acumulando conhecimentos. Mas estava progredindo,
a internet daqui é mais rápida e se chamava Multinet.
O pós fixo equivalente ao nosso .com parecia ser .moc,
neste mundo havia que escrever tudo da direita pra

esquerda. Tudo era ao contrario, batizei o mundo. Era o mundo do contra, era o CONTRAMUNDO.

Tem passado vários dias e tenho aprendido a me manejar no Contramundo, há muitas coisas que são ao contrário, mas não todas, algumas são muito parecidas. Tenho descoberto muitas coisas. Coisas e indivíduos. Um desses dias num chat do serviço de Mooz recebi um convite pra conversar. Quando abri o aplicativo depois de subir ele desde o Upstore (não, não é um erro de tipografia, é como se chama o App Store aqui no Contramundo) me encontrei com uma cara que se parecia muitíssimo comigo. Me chamo Otsenre, sou tua presença neste mundo quando tu não estás. A pouco me sentia muito solitário porque tu nunca estavas. Agora me sinto muito melhor e me alegra te encontrar no meu mundo.

Temos estado conversando com Ostenre todos os dias, de um mundo de temas. Não de dois mundos de temas. Não podemos ficar de acordo por quase nada. Quando eu apoio uma iniciativa ele se opõe e vice-versa. Em alguns temas tenho bons argumentos e consigo discutir no mesmo nível com meu avatar, em outros é ele quem tem os melhores argumentos. É frequente que a discussão pareca muito às discussões que temos no nosso mundo onde quase tudo se discute em forma polarizada, longe do objetivo de encontrar soluções, sempre querendo ganhar discussões.

Porém entre mim e Otsenre depois de muitíssimo tempo encontramos um caminho. Quando um tema nos leva a acaloradas discussões, quando temos a sensação de que se fosse uma discussão na realidade física nos daríamos de trombadas, nesse momento paramos por alguns instantes e retomamos. Retomamos em busca do equilíbrio e não em busca de ganhar a discussão. Encontrar o equilíbrio não é fácil, mas uma vez que se está determinado a buscar cambia o tono e a direção da discussão.

Encontrar o equilíbrio como objetivo é buscar soluções como caminho. Não é fácil mas é muito mais fácil, que viver nos polos de antirracismo, racismo, negro, branco, agnóstico, religioso e tantos outros.

Neste momento estamos com uma longa lista de soluções nascida da busca do equilíbrio. O primeiro item dessas soluções é precisamente a necessidade de fazer da procura do equilíbrio nosso maior objetivo, todos os outros itens da lista derivam deste primeiro.

O segundo item, cujo equilíbrio estamos buscando, é achar como levar o equilíbrio que logramos no Contramundo para a nossa realidade. Queremos tirar isto de dentro do meu Mac, queremos que esteja em todos os cadernos, Macs, e sobretudo mentes de todos nós. Talvez todos tenhamos que entrar em nossos Macs, e qualquer e em outros computadores para nos encontrar com nossos avatares e buscar nosso equilíbrio. Um por um, até isso se torne um equilíbrio com maiúscula, uma solução e com o tempo muitas soluções.

Falar de entrar em nossos computadores é uma maneira de dizer que entremos em nossas mentes, que encontremos com quem formar uma equipe de busca de equilíbrios, substituindo a busca de outros que pensam igual a nós e nos acompanhem na luta por ganhar. Comecemos a marcha pra encontrar o equilíbrio.

Imaginemos que Riaj se encontre no Contramundo com Jair e o convence a se vacinar. E que Nitup se reúne no Nilmerk com Putin e ambos decidem tomar umas garrafas de Akdov com o presidente da Ucrânia, logo todos bêbados assinam uma declaração de amizade eterna pessoal e de seus povos. Trump e Pmurt empatam num longo torneio de golf e decidem reformar o partido republicano unido-o com o conjunto que no Contramundo criaram com o nome Tuplicano, simbolizado agora por uns belos tucanos de cores brilhantes, Tuplicano promove uma grande campanha de vacinação, vota no congresso por um enorme pacote financeiro de apoio ao meio ambiente e decide que a próxima à presidência será uma mulher negra.

Imaginemos que Palestina, Anitselap, Israel e Learsi estabelecem um novo estado que chamam de EUPI (Estados Unidos de Palestina e Israael) depois de uma longa conferencia de seus lideres com seus avatares dentro dos seus Macs.

Podemos imaginar muitas coisas mais quando descobrirmos que o equilíbrio é uma solução para os problemas do nosso mundo polarizado. Teremos muito trabalho, mais trabalho que hoje em dia, mas não andaremos em círculos porém pra frente e acima, todos juntos num esforço para que o nosso mundo e o Contramundo se transformem em todo o mundo, em Todomundo.

CAFÉ DA MANHÃ

É muito cedo, outros diriam que é de madrugada. Cinco da manhã, já há luz lá fora e hoje tem lua cheia, grande, redonda, branca sobre fundo azul. Levanta, pega o celular e o Apple Watch que estiveram carregando durante a noite e, silenciosamente, se dirige ao banheiro. Acende a luz, fica nu e urina. Cada passo é rotina, todos os dias igual. Faz a barba tomando o cuidado de manter o formato da barba. Depois segue a limpeza de dentes com a pasta Black is White. Lavar o rosto. Cremes, ums pra proteger do sol, outros para as dores nas costas.

Há uma sequência de exercícios de flexibilidade e alongamento, sempre igual. Percorrendo desde as pernas, cintura, ombros, pescoço. A sensação é que a sequência move cada músculo do corpo. Mais tarde com a personal trainer comprovo que ela conhece muitos músculos mais que eu não tinha descoberto.

Máscara, airpods, o áudio-livro do dia. Ténis, chaves. As vezes já espera o jornal que esteriliza antes de o deixar em cima da mesa da cozinha. Sai, pega o elevador, cumprimenta o porteiro. Quando volte em uma hora o porteiro do turno da noite já terá terminado seu horário e o outro porteiro o terá substituído. São mais ou menos cinco e quarenta, alguns dias um pouco mais tarde.

Várias voltas na ciclovia, tem pouca gente, os jardineiros cuja primeira função é passar a vassoura na ciclovia. Cruza com uns poucos vizinhos, sempre os mesmos. Observa o campo de golf, os patos, os cisnes, os teros. Chega o professor de golf, seus primeiros alunos ainda estão a caminho, mas seu ajudante já instalou de novo as bandeirolas que tinham sido retiradas ontem, ao anoitecer.

Enquanto caminha se desfaz da máscara, mas todos se mantem o mais distante possível quando cruzam com alguém. Ao voltar tem que lembrar de colocar novamente a máscara. Pega o elevador e salta no sétimo andar, sobe andando os últimos três andares.

Quando chega ao seu andar, revisa o seu Apple Watch e registra os resultados do seu exercício matinal. Termina um passeio diário, um passeio tão importante para o sentimento de bem estar fundamental.

Quando entra em casa, o café da manhã está sendo preparado, cumprimenta de longe pois primeiro tem que lavar as mãos e esterilizar iPhone, airpods, máscara. Esse primeiro sorriso de sua mulher é um momento de felicidade diário. O segundo depois do seu passeio solitário. A felicidade de estar juntos.

O banho é bastante demorado, corpo, cabelo e depois enxugar a cabine de banho, finalmente se secar, se pesar (hoje finalmente chegamos ao objetivo 76,5 kg.).

O próximo objetivo é esse mesmo peso antes da ca-
minhada. Suspeita que não tem emagrecido porém
simplesmente perdido água porque a alta temperatura
induz a suar mais.

Agora sim, o desjejum. Cecilia já preparou a fruta e
o café, a mesa está preparada. Pratos, xicaras, a garrafa
térmica com café, geleias, queijos, presuntos, doce de
leite e Nutella. Serve água de côco com dois gelos para tomar os remédios (Vitamina C, Ômega três, outras
vitaminas), depois no mesmo copo o suco de laranja.
Abre o iogurte, o preferido é um que se chama café da
manhã. Outros dias alternando com granola com leite
de amêndoas.

O padeiro já trouxe o pão, fresco. As vezes, quando
o quer mais crocante, uns minutos na torradeira antes
de levar pra mesa.

Meio pão com geleia e doce de leite ou Nutella, a
outra metade com presunto ou queijo. Alguns domin-
gos um ovo, aos sábados mais apresado pra ir mais cedo à feira da esquina.

Enquanto ele come, Cecilia termina os preparativos
para o seu café da manhã. Senta-se, compartilham o
jornal. São momentos silenciosos, pacíficos, agradá-
veis, dos melhores minutos do dia. Duram pouco mas
são importantes.

Se levanta, ajuda a guardar os frascos de geleia e doce de leite na geladeira, a Nutella no armário junto com o mel.

- 46 -

Termina o café da manhã, começa o dia.

IDADES... SEMPRE ESPERANDO

Tudo começa com 9 meses esperando, esperando para nascer. Não sabemos o que nos espera e muito menos sabemos o que esperar. Mas quando pensamos no nosso nascimento ou ainda no que acontece antes de que aconteça nunca pensamos no que acontece nesses 9 meses. Tem muitos livros sobre o nascimento, quase nenhum, com exceção os que escreve ou lê o obstetra, que se dedique aos nove meses na barriga de nossa mãe. O interesse do obstetra é profissional, não conta para os fins desta reflexão, o obstetra otimista quer comprovar que tudo corre com absoluta normalidade, o pessimista comprovar a tempo que há um problema. Não lhe interessa que esperamos enquanto esperamos pra nascer. Dito de outra maneira, antes de nascer não temos presente e não sabemos futuro, obviamente muito menos passado.

Quando nascemos começamos a esperar mais conscientemente, ainda que no começo seja um pouco mais intuitivo e nada mais. Esperamos que nos troquem as fraldas, esperamos a teta e mais tarde a mamadeira, esperamos poder fazer coisas que fazem nossos irmãos maiores e por primeira vez comprovamos que não podemos, então seguimos esperando até que podemos, mas a partir desse momento não nos interessa o que fazem nossos irmãos. Queremos agora fazer aquilo que não nos deixam fazer nem a nós nem a nossos irmãos. Esperamos uma distração pra escapar e fazer. Esperamos mas quase nunca chega.

O tempo passa muito rápido, por isso parece que estamos sempre atrás do tempo, atrás de nossos desejos, esperando. Esperando aprender a sair sós do curralinho. Se soubéssemos que nunca será possível, que sempre haverá um tipo de curralinho para cada idade, mas como não o sabemos, continuamos esperando.

Temos aniversários, recebemos os presentes que estávamos esperando porém a caixa é menor e os experimentos de química que tínhamos pedido não funcionam. Esperávamos mais, por isso esperamos por outros presentes, talvez pro Natal, esperamos que chegue o Natal.

Enquanto isso esperamos começar o primário, onde esperamos que a professora, que tinham nos dito que era maravilhosa, se encarregue da nossa classe. Parece que isso só será o ano que vem, podemos... esperar.

Crescemos, depois de uma longa espera entramos na escola onde nossa principal preocupação é esperar que termine, o dia, a semana, o ano, passar pro segundo grau. Sempre esperando chegar a algo que pareça uma chegada. Sempre esperando uma chegada e sempre encontrando uma nova partida. Acabou o se-

gundo ano, não acontece nada, esperamos que come-
ce o terceiro.

E isto se repete ao longo da primeira e segunda sé-
ries   enquanto esperamos. Esperamos entrar na uni-
versidade, isso sim é uma mudança, isso tem que ser
uma chegada, independência, vamos eleger matérias,
podemos eleger quais professores escutamos e a quem
evitamos, seremos livres.

O primeiro dia na faculdade nos recebem os estudan-
tes do segundo e terceiro ano pra nos ensinar o que devemos fazer, sobretudo o que não devemos fazer. Na
hierarquia da faculdade hoje começamos por baixo,
bem abaixo. Nossa liberdade está em esperar que termine o primeiro ano ou o primeiro semestre ou qualquer período durante o qual teremos que esperar para
estar um degrau mais acima nas aulas mais avançadas
às que não temos acesso.

Há que esperar passar pelas deste ano pra poder as-
sistir.

É só um pouquinho mais de paciência e o mundo se
abrirá pra nós. Terminaremos de esperar ao mesmo
tempo que terminamos a faculdade. Com o diploma na
mão haverá infinitos caminhos a eleger, muitas chegadas, nenhuma espera.

É claro que o diploma ainda não nos chega, é uma pequeníssima espera, depois outra pra os exames médicos e seus resultados. Renovamos a carteira de identidade e, enquanto esperamos a entrega, tomamos aulas de direção de veículos. Sem esperar mais, terminamos toda a papelada junto com um curriculum vitae, um pouco curto porém maravilhoso, que, quando nos indiquem, esperamos apresentar em várias companhias que precisem de nós.

Se bem não temos chegado à chegada, nossas esperas agora são mais diversas e inclusivas porque temos o prazer de esperar por várias coisas simultaneamente. Quando acaba uma, aparecem dois ou três novas que derivam daquela que acaba de acabar. Quando nos entregam o diploma, precisamos copias autenticadas pelas quais esperamos no cartório. Também esperamos pela data do exame pra carteira de motorista. Antes de começar a trabalhar queremos viajar e estamos esperando a confirmação de passagens, hotéis, tours e relacionado com isso um sem fim de detalhes com os quais não os queiro cansar, só resumo dizendo que por eles vamos a esperar.

É uma sensação maravilhosa a que sentimos pensando em ter chegado. Pena que dura pouco. Muito menos que as esperas anteriores e sobretudo as futuras. Se não focássemos a vida sempre nos passos seguintes, disfrutaríamos do que o presente nos oferece, a vida é o presente, pelo menos 90%, não exageremos então em nos dedicar a esperar o futuro.

Em todo caso, com o diploma em mãos sentimos que temos também em nossas mãos as decisões sobre o futuro. Continuar na faculdade para uma carreira acadêmica, entrar numa grande empresa, começar uma "start up", viajar pelo mundo. Desde este nosso presente temos muitos futuros possíveis. Antes de decidir somos donos de todos eles. É uma linda sensação de poder.

Que dura até um segundo depois de ter decidido qual é a alternativa elegida. Porque agora o que temos são incertezas, duvidas perguntas e... esperas. Que o professor nos chame pra nos contar do subsidio que diz ter.

Que a empresa depois de "interviews e assesment centers" nos confirme. Que junto com algum amigo ou sócio recebamos o "ok" pra nossa ideia de "start up", o ok e o dinheiro. Retornamos ao mundo real e as suas esperas.

Finalmente nos encontramos trabalhando, p. e. numa multinacional. Progredimos ao longo do tempo, progresso muitas vezes quer dizer novamente: esperar. Esperar que o plano seja aprovado, que o aumento de salario saia, que as vendas aconteçam. Passamos os anos esperando, tendo uma carreira exitosa, subindo a escada hierárquica. Cada degrau deixa pra trás as esperas do anterior e nos apresenta as novas, as esperas que nos esperam no novo cargo.

Passam os anos, talvez tenha uma ou mais mudanças de empresa, de país, de função. Chega o momento em que nos deparamos com uma nova espera, começamos a pensar na aposentadoria. Essa sim é a chegada verdadeira, com a aposentadoria, ganha através de tantos anos finalmente faremos o que queremos, que é não esperar.

Desde lá embaixo na nossa oficina olhamos pra cima onde a aposentadoria reluz em cores brilhantes. Liberdade, viagens, não mais preocupações com o futuro. Nesse preciso momento nossas costas começam a doer pela primeira vez, isso não esperávamos. O médico diz que tem que se cuidar mais, a idade requer mais cuidados com a saúde. Não damos muita importância porque a dor já passou.

Finalmente chega a tão esperada aposentadoria, quer dizer a data da aposentadoria, porque acontece que o nosso chefe precisa de nós, só passaram dez anos desde que trabalhamos juntos e que cheguemos na idade limite para nos aposentar é pra ele uma surpresa. Bom, esperamos seis meses mais, pois ao final não faz muita diferença.

Agora sim, dez meses mais tarde, nos despedimos dos colegas e desta vida de trabalho. Nos espera o que esperávamos desde sempre: a liberdade para fazer o que queremos quando queremos.

Bom quase todo mundo queremos porque agora estamos demasiado velhos para fazer surf e nossa carteira de motorista está por vencer e agora só valera por uns poucos anos devido a nossa idade. Além do mais o seguro de saúde duplica o custo (e tem razão porque agora o estamos usando muito mais). Esperávamos mais da liberdade aposentada.

Pensamos desde o passado nossa liberdade como algo sem limites, quase sem limites. E agora vamos vendo que há mais limites do que esperávamos (no fim algo que não esperávamos). Os amigos seguem trabalhando e não tem tempo pro golf conosco, e os aposentados estão doentes e não tem vontade nem forças nem sequer pra uma partida de buraco. Pra finalmente nos reunir, nos fazem... esperar.

Nos acostumamos a que esta presumida chegada era em realidade um novo ponto de partida com suas vantagens e seus inconvenientes, as vantagens um pouquinho mais pequenininhas e os inconvenientes algo mais frequentes. Porém estamos felizes, somando e subtraindo da vida é – bastante – boa. Agradecemos todos os dias por isto porque se bem que podia ser um pouco melhor também podia ser muito pior.

Nossas costas voltam a se manifestar, um pouco mais fortemente, um pouco mais tempo. E também quando medimos a pressão arterial estava um pouco elevada. Nossa digestão também não é a mesma de antes. Esperamos que não seja nada, esperamos uma vez mais.

Então, uma noite, ao ir dormir darmos o beijo de boa noite com a nossa mulher nos assalta um novo pensamento: E se não acordamos amanhã? Um, o outro, os dois? Sempre dormimos muito bem, poucas vezes acordamos durante a noite, quase nunca tardamos em dormir, quase sempre acordamos descansados. Mas agora que acontece se acordamos amanhã?

Depois de uns dias, o melhor de umas noites, chego à conclusão que essa é a espera final. A espera que não tem alternativa, alguma noite ou algum dia será, com aviso, sem aviso, depois de muito sofrimento ou de repente. Nosso mundo se transforma num túnel que tem uma entrada e uma só saída, nos conduz diretamente ao final das nossas esperas.

Olho pra trás, pra cima, pra baixo, pra frente e me dou conta que as esperas todas desde o começo da vida eram na realidade as chegadas, as felicidades, os progressos, em resumo eram a vida. Disfrutar, ver como a passagem de uma espera para a próxima é na verdade um passo pra nos sentir cada vez mais realizados, essa convicção chega um pouco tarde, mas não muito. Esta minha última espera a quero disfrutar, quero que dure. Esta espera será uma sucessão de presentes, quando chegue ao final terei disfrutado todas as esperas.

- 55 -

MINHA CANETA

Minha caneta não é uma caneta. Minha caneta é um computador com alma de caneta. Ele tem uma irmã que repousa quase o tempo todo sobre um caderno aberto entre duas folhas escritas com letra horrível, as vezes com números que no dia seguinte de tê-los escrito não consigo decifrar. Mas essa irmã tem um complexo de inferioridade porque o que se escreve com ela são rascunhos, recordatorios de coisas pendentes, nunca grande literatura.

Ela não sabe que minha caneta-computador tampouco escreve grande literatura, só frases dispersas, só lembranças em duas dimensões, e algumas poucas vezes literatura, nunca grande.

Eu preciso de ambas, a caneta e sua irmã. Meus pensamentos pulam entre ambas, no meio da frase que estou escrevendo no computador lembro de algum outro tema e anoto no caderno com a caneta irmã. Depois leio esses recordatório e incluo na minha escrita na caneta "oficial" algum texto derivado do rascunho no caderno, depois risco esse rascunho. Riscar rascunhos me faz feliz, o máximo da felicidade é ter riscado todos os rascunhos da página do caderno.

A minha caneta também tem seus momentos de frustração. Um texto do qual não gostei e decidi apagar.

Uma frase com a qual não estou feliz. Un texto que procuro e não encontro entre tantos outros arquivados em algum lugar. Acho que minha caneta gostaria de ser o computador de Shakespeare o de Thomas Mann, talvez de algum outro escritor que recebeu o premio Nobel. Mas tem de se conformar comigo, talvez essa seja a pior frustração, porque isso não tem solução.

Apesar de tudo, juntos somos felizes, minha caneta e eu. Que seriamos se um de nós não existisse? Os dois nos completamos, não somos capazes de ter sucesso sozinhos, juntos, no entanto, somos invencíveis. Ao menos isso é o que penso quando estou escrevendo, quando minha caneta recebe, avalia e transforma em *bytes* aquilo que eu escrevi. As vezes ela gosta muito de algum texto e começa a escrever em negrita, ou uma frase lhe parece esquisita e decide usar itálica, algumas outras, muito raras vezes ela fica muito excitada, nervosa e sublinha o texto.

Como se define o destino de um computador, que mais tarde irá se transformar em minha caneta, ao sair da fábrica la longe na China, Taiwan ou Corea? Um entre mil computadores. Eu, um entre milhões de possíveis donos. Que fez com que nos encontrássemos e fizéssemos amizade? Será que minha caneta gosta de ser minha caneta? Ou pensa que a estou escravizando?

Se eu vendesse ou regalasse minha caneta, ela poderia encontrar um outro dono, mas nunca seria livre verdaderamente, dependeria sempre de alguém. Então acho que é melhor ficar comigo e espero que ela ache isso também.

Gostaria de poder dizer para ela, que me faz feliz, que sou muito mais que seu dono, somos amigos, viajamos juntos, trabalhamos juntos. Todo os dias abro o computador e me contato com sua alma, faço dele minha caneta Mont Blanc e durante horas nos unimos criativamente. De nossa união nascem textos, capítulos, emails, contos, recibos de pagamento e tantas outras coisas.

Sim, definitivamente meu computador tem alma de caneta.

Nota adicionada ao traduzir:

Traduzir meu próprio texto é uma grande experiência, vejo com maior claridade o erros, as boas ideias, as oportunidades perdidas e aquelas aproveitadas.
Sinto a tentação de mudar o texto no idioma original, resisto porém traduzo fazendo umas pequenas mudanças.
Enquanto traduzo acredito que a tradução será finalmente melhor que o texto no idioma original. Talvez algum dia precise traduzir este texto pro alemão.
Ao final, minha tradução tem alma de texto original.

MI LAPICERO (em espanhol)

Mi lapicero no es un lapicero. Mi lapicero es una computadora con alma de lapicero. Tiene una hermana que casi siempre descansa sobre un cuaderno abierto. Entre dos páginas escritas con letra horrible, a veces con números que, al día siguiente de haberlos escrito, no consigo descifrar. Esa Hermana tiene un complejo de inferioridad porque lo que se escribe con ella son borradores, listas de cosas pendientes, nunca gran literatura.

Ella no sabe que mi lapicero - computador tampoco escribe gran literatura, solo frases dispersas, memorias en dos dimensiones y, algunas pocas veces, literatura, nunca grande.

Preciso de ambos, el lapicero y su hermana. Mis pensamientos saltan del uno a la otra, en medio de una frase que escribo en la computadora recuerdo algún otro tema y anoto en el cuaderno de la lapicera hermana. Más tarde leo esas anotaciones y las incluyo en mi escrito "oficial" y descarto el borrador. Hacerlo me hace feliz, la felicidad máxima es haber tachado todas las anotaciones de esa página del cuaderno.

Mi lapicero tiene también sus momentos de frustración. Un texto que no me gusta y que decido borrar. Una frase con la cual no estoy feliz. Un texto que busco sin encontrarlo entre tantos otros archivados en algún lugar. Creo que mi lapicero preferiría ser la computadora de Shakespeare o de Thomas Mann, o tal vez de un ganador del premio Nobel. Pero tiene que conformarse conmigo, tal vez esa sea su peor frustración, porque eso no tiene solución.

A pesar de todo eso, juntos somos felices, mi lapicero y yo. ¿Qué seríamos el uno sin el otro, si uno de nosotros no existiera? Los dos nos completamos, no somos capaces de tener suceso solos. Juntos, sin embargo, somos invencibles. Al menos eso es lo que pensamos mientras estoy escribiendo mientras mi lapicero recibe, evalúa y transforma en bytes aquello que yo escribo. A veces le gusta tanto un texto que comienza a escribir en negrita. Otras descubre una frase que le parece extraña entonces decide usar itálica. En algunas ocasiones, muy raras se pone tan nerviosa y excitada que subraya el texto.

¿Como se define el destino de una computadora, que más tarde irá a transformarse en mi lapicero, al salir de la fábrica allá lejos, en China, Taiwán o Corea? Uno entre mil computadores. Y yo, uno entre millones de posibles dueños. ¿Que nos hizo encontrarnos y volvernos amigos? ¿Será que a mi lapicero le agrada ser mi lapicero? ¿O piensa que lo estoy esclavizando y nada más? ¿Se siente como objeto o como socio?

Si yo vendiera o regalara mi lapicero podría encontrar otro dueño, pero nunca sería libre verdaderamente, dependería siempre de alguien. Entonces, me parece que es mejor que se quede conmigo y espero que el también piense eso.

Me gustaría poderle decir que me hace feliz, que soy mucho más que su dueño, que somos amigos, viajamos juntos, trabajamos juntos. Todos los días abro mi computadora y me contacto con su alma, hago de ella mi lapicero Mont Blanc y durante horas nos unimos creativamente. De nuestra unión nacen textos, capítulos, emails, cuentos, recibos de pago y tantas otras cosas.

Si, definitivamente mi computadora tiene alma de lapicero.

BIOGRAFIA DO AUTOR

ERNESTO NEUMANN

Nascido em La Paz, Bolívia, em 1945.

Estudos primários e secundários em Montevideo, Uruguai.

Estudo de química na Ludwig Maximilian Universität em Munich.

Dr. Rer Nat. Magna cum laude.

Executivo internacional da indústria farmacêutica com cargos de alta gerencia.

Diretor de empresas.

Rotario desde 1990, co-fundador e past presidente do Rotary e-Clube de Latino América.

Comendador do Colar Candido Fontoura de Mérito Industrial Farmacêutico em 2012.

Casado, três filhas, três netos.

TRADUTORES

Pedro Alejandro nasceu no Chile.

Atualmente vive em Salvador da Bahia, Brasil.
É professor de espanhol e no tempo livre se dedica a musica.

Simona Adivíncula nasceu em Salvador da Bahia, Brasil, naturalizada italiana, mora em Milão com o marido e a filha.

Escritora, romancista, poeta, jornalista freelance e membro da Academia da Cultura de sua cidade natal.

Muito conhecida e apreciada, ela escreve há 24 anos e tem bem 13 livros publicados em diferentes idiomas.

Ela é fundadora do Grupo "Escritores Brasileiros na Itália".

É a representante da Edizioni We no Brasil.

www.ingramcontent.com/pod-product-compliance
Lightning Source LLC
Chambersburg PA
CBHW021745150726
47989CB00004B/1523